살 것만 같던 마음

살 것만 같던 마음

이영광 시집

창비

차
례

평화식당

오래전에는 식당에 혼자 가면 미안해하는 사람이었습니다 젊어서는, 식당에 혼자 가면 받는 홀대에 분개하는 인간으로 바뀌었고요 얼마나 옳았는지 몰라요 쉰이 넘자 다시, 식당에 혼자 오면 미안해지는 것으로 돌아왔습니다 벌레처럼요 얼마나 옳은지, 몰라요 얼마나 미안한지……

기뻐하지 않기 위해 기뻐할 것
자랑하지 않기 위해 자랑할 것
옳지 않기 위해 옳을 것
옳음의 불구처럼 옳을 것

구가하지 않을 것

가난하지 않기 위해 가난할 것
분개하지 않기 위해 분개할 것
미안하지 않기 위해 미안할 것
미안의 불구처럼 미안할 것

구가를 구가하지 않을 것

슬퍼하지 않기 위해 슬퍼할 것
살지 않기 위해 살아갈 것
죽지 않기 위해 죽을 것
죽음의 불구처럼 죽을 것

강가에서

떠남과 머묾이 한자리인
강물을 보며,
무언가를 따지고
누군가를 미워했다
모든 것이 나에게 나쁜 생각인 줄
모르고서
흘러도, 답답히 흐르지 않는
강을 보면서,
누군가를 따지고
무언가를 미워했다
그곳에서는 아무것도 상하지 않고
오직 나만 피 흘리는 중이란 걸
모르고서
그리고 그게 얼마나 다행한 일인 줄도
까맣게 모르고서

청송

병든 어머니 집에 두고 청송 갔다
점곡, 옥산, 길안 사과밭들 지나 청송 갔다
끝없이 떨어져 내리는 사과알들을
놓치기만 하며 푸르른 청송 갔다
주산지를 물으며 청송 갔다
주산지를 오래 걸으며 청송 갔다
한밤중 동해를 향해 폭우 속,
굽이굽이 태백산맥 넘어 청송 갔다
옛날 어머니 찾아 푸르른 청송 갔다
청송 지나 계속 눈 비비며 청송 갔다

계산

책을 보다가 엄마를 얼마로
잘못 읽었다
얼마세요?

엄마가 얼마인지
알 수 없었는데,
책 속의 모든 얼마를 엄마로
읽고 싶어졌는데

눈이 침침하고 뿌예져서
안 되었다
엄마세요? 불러도 희미한 잠결,
대답이 없을 것이다

아픈 엄마를 얼마로
계산한 적이 있었다
얼마를 마른 엄마로 외롭게,
계산한 적도 있었다
밤 병동에서

엄마를 얼마를,
엄마는 얼마인지를
알아낸 적이 없었다
눈을 감고서,

답이 안 나오는 계산을
나는 열심히 하면
엄마는 옛날처럼 머리를
쓰다듬어줄 것이다

엄마는 진짜 얼마세요?
매일 밤 나는 틀리고
틀려도,
엄마는 내 흰머리를
쓰다듬어줄 것이다

사랑
1970년대

그애는 부모를 사랑한다는 생각은 해본 적이 없었는데,
집에는 그런 말이 없었는데
사랑하는 부모님이 고생하신다고
원고지에 적었다
어젯밤 부서진 집이 아침까지 치워지지 않았는데
'사랑'이라는 시제가 나오자
입에 침이 고이고 낯이 달아올랐다
사랑이라니 사랑이라니,
그 말이 좋았다
고생하는 부모님을 사랑한다고,
고생하는 어른이 될 고생하는 어린이
그애는 침 묻혀 꾹꾹 눌러 적어도
자꾸 지워질 것 같은,
집에는 못 가져갈 그 말이 좋았다
아는 말, 배워서 다 아는 말,
이해되지 않는 그 말이 좋았다

제자리

바다 건너 대륙에서 반세기 만에
체포되던 전범처럼
정신이 든다
심사를 하고 외박하고 비를 맞고,
음악을 흘려듣네
인간은 기진맥진인데 하루도
빠짐없이 삶이 찾아온다
인생 쾌락을 뚝뚝 잘라 먹는
코로나 때문이 아니더라도,
무엇이 되기 위해 하는 건 싫어
무엇을 하기 위해서
되는 건 더 싫다
싫은 건 끝없어
멀고 깊은 곳에 넋을 내주고
단지 남은 것으로서
메마름 같은 것에 쫄딱
젖고 싶었는데,
어두워졌어 내가 약하니
비 오다가 해나다가 하는 기후엔

정신도 정신이 없으려 한다
오늘은 조시를 쓰고
내일은 축시를 써야 해
나는 별에서 살고 있다는데
빛이 안 보일 때가 많았어
안 보이는 그게 무슨
대수라고, 대수인가, 대수인
모양이어서
어두운 날, 영영 칼이 없고
칼 생각도 없는데도
빛을 베며 걷는 중이라
굳게 믿었네
하늘 한점 없는 구름이
앞을 막아서가 아니더라도
앎은 장님처럼 나아가고
모름은 빛처럼 다가온다
게임이 안 되는 그 게임이
본게임이어서,
그 빛은 언제나 날

살려두신다

살려내시는 법이 없어

맞으면서 용서하는 사람처럼

제자리에서 부풀고 있다

터지고 있다

버리지 못하는 것이

가지는 것일까

가지지 못하는 것이

사랑일까

그 빚은 언제나 날

허그 하지 않고,

내가 지었으니

네가 구하여라

바다 건너 대륙에서 반세기 만에

전범을 체포하던 비밀

경찰처럼 늘

처음처럼,

정신이 나간다

희망 없이

사람을 얻고 잃으며 바쁘게 살았어요
마음을 울고 웃으며 곤하게 걸었어요
어두운 생각이 들면 말을 하지 마라
혼자 말해라,
혼자에게도 말하지 말아라

고향은 로또 같아요 아무걸로나 다시 낳아주세요
기운 골목과 삼백년 느티나무가 있는 풍경 속에서
과거 현재 미래의 바람들과 귀신들의
변함없이 힘없는 가호 속에서
마르고 무서운 당신을 두고,
또 한번 세상에 나가는 날이잖아요

뜻대로 되는 게 없었다,
뜻대로가 없었어
조금만 더 시든 걸로 만들어주세요
농담입니다, 피가 나지만, 제가 사랑한 사람은
이제 없습니다 안 되는
사랑이었어요 되는

사랑만 남았습니다
농담입니다
피가 나지만,

사랑하지 않을 용기가 없었어요
고생하지 않을 게으름이 없었어요
희망 없이 살 수 있다는 데 문제의 원인과
해법이 있다 희망 없이 살 수 있다는 데
문제와 원인과 해법이 없다

그것은, 기다가 걷다가 달리다가 날아오르는
주검과 같을까
그것은 달리다가 걷다가 멎었다가,
길 위에 길게 눕는 목숨과도 같을까

희망 없이 사는 일의 두근거림이여

어느 양육

어려선 늙고 병든 죽음들을 키웠다
사라져서 더는 나타나지 않던 얼굴들,
먼 역사를 배우듯 관광하듯
무심하고 갸우뚱한 날들이었다
자라선, 사납고 굳센 죽음들을 키웠다
높은 말을 타고 큰 칼을 치켜든 어둠이
꿈속까지 뒤쫓아왔다 절망의 골짜기에서
사로잡히곤 했다 자꾸 다시 살아나야
하는 사람이었다…… 그러나 정신을 잃고
돌아보면, 죽음 양육 어둠 양육을 잊은
초롱초롱한 세월이 떠올랐다 사실은 그 환한
시간이 대부분이었다 그런 때 생은 홀연
선잠처럼 아릿하고 또 달콤하게 가물거렸다
어둠의 입속에서 어둠을 찾는 나날에는
잠깐의 파문과 한량없는 적요 또는 침묵,
그러나 고운 신기루 길을 막는 안개 속에
흘러가던 그때 그 시간은 또 너무도 짧아서
백치처럼 백지처럼 생은 다시 정신이 들고,
나는 지금 철없어 막무가내인 어둠 한구를

소일하듯 가만히 키운다 내가 식어간다
방황 끝에 돌아와선 집으로 부쳐져 온
졸업장을 들여다보던 어느 날처럼
골똘히 돌봐야 할 고운 숨들이 남아 있다
불쌍하지 않았던 적이라곤 없는 것!
이제 옹알옹알 말이 통하는 듯한 어린것!
죽음은 조그맣게,
점점 더 조그맣게,
잘 크고 있다

미워하는 마음을

얼음 위에 피운 모닥불처럼
물을 끄며 타는
불처럼

미워하는 마음

둥둥 물 위를 떠가는 얼음장들,
꺼진 불을 만져주는 봄볕처럼
물에 젖는 불처럼

미워하는 마음을
미워하지 않는 마음

그해 세밑에는

어느 해 세밑에는 서울 하고도 서대문 연희문학창작촌에 머물렀는데

시베리아 한파가 몰려온 며칠, 바깥 기온은 영하 십팔도에

바람 불어 체감온도가 영하 이십칠도까지 내려갔다

눈발은 날렸다 그쳤다 하고, 옆방들은 설이라 쇠러 간 빈집에서

나는 늙은 白石처럼 종일 방에 웅크려 시장기를 견디면서

체감이란 무엇일까, 북풍이 만드는 사정없는 온도 차를 별

생각 없이 생각하고 있었다 해는 다시 뜰까 봄은 올까,

근심하던 동굴 속 조상들처럼 일인용 침대에서 뒤척거리며

스마트폰 앱을 켜 한주간의 날씨 예보를 살펴보기도 하고

이제 먼 곳이 돼버린 고향집을 떠올리기도 하였다 체감온도란

그런 것일까, 고향과 먼 고향 사이에 누운 달뜬 몸을

분단처럼 가르는 한랭전선인 걸까, 해가 기울어도 바람 자지 않는

늦은 오후엔 또 방 안을 거닐다가 흰 눈썹들을 뽑아도 보다가

우롱차 차가워진 것을 홀짝이다가는 이렇게 겨울잠 자는
짐승처럼,

　코로나 걸린 사람처럼 웅크린 것은 아마도 덜 산다는 것
이겠는데,

　덜 살아간다는 것은 곧 그런 풀 죽은 빛깔만큼의 시간에
체감적으로

　죽음이 스며든다는 뜻이고, 죽음이 와서 하는 일이란

　바로 이런 것이리라 짐작도 해보았다 이봐요, 우린 본래

　한 몸이잖아 이제부터 잘 지내봐요, 버티컬을 흔들며

　찬 바람이 스미듯 그것이 낯익으며 목덜미를 핥는 동안이면

　숨 쉬는 일과 멎는 일이 한통속이란 서먹한 사실도 얼음
둥둥 뜨던

　겨울밤 동치미만큼이나 달가워지고, 이제 다 세상 떠서

　귀신들만 배어 수굿이 낡아갈 고향집 생각이 또 났다

　그 집의 켜켜이 묵은 세월과 허전할 것도 뼈아플 것도
없이

　떠도는 행낭을 두고 마른세수를 하며 되새기자면,

　먼 것도 실은 먼 것이 아니란 느낌 또한 새로운 것은 아
니며

나는 이제 삶은 물론이고 죽음까지도 절뚝여 부축해야 할
부유한 터수인 걸 어쩌나, 털목도리에 털장갑까지 끼고는
어디 가까운 국밥집이라도 찾아볼까 채비하였다 이 순간
도 어쩌면
사뭇 아득히 여겨질 훗날엔 그해 세밑에는, 그해 세밑에
는 하며,
먼 것을 가까운 걸로 그립게 체감할 시간이 또 오겠지
솔가지며 대숲에 함박눈이 지친 택배원들처럼 내려앉아
쉬는
시장하고 고즈넉한 어느 저물녘이었다

어두운 마음

모르는 어떤 이들에게 끔찍한 일 생겼다는 말 들려올 때
아는 누가 큰 병 들었다는 연락 받았을 때
뭐 이런 날벼락이 다 있나, 무너지는 마음 밑에
희미하게 피어나던
어두운 마음
다 무너지지는
않던 마음
내 부모 세상 뜰 때 슬픈 중에도
내 여자 사라져 죽을 것 같던 때도
먼바다 불빛처럼 심해어처럼 깜빡이던 것,
지워지지 않던 마음
지울 수 없던 마음
더는 슬퍼지지 않고
더는 죽을 것 같지 않아지던
마음 밑에 어른거리던
어두운 마음
어둡던 기쁜 마음
꽃밭에 떨어진 낙엽처럼,
낙엽 위로 악착같이 기어나오던 풀꽃처럼

젖어오던 마음
살 것 같던 마음
반짝이며 반짝이며 헤엄쳐 오던,
살 것만 같던 마음
같이 살기 싫던 마음
같이 살게 되던 마음
암 같은 마음
항암 같은 마음

그림자와 같이

기뻐하는 사람 곁에서 나는 몰래
슬퍼하기
그의, 어제의 큰 슬픔과
내일의 작은 슬픔들을 멀리 찾아갔다가
돌아와 기뻐하는 기쁨의
그림자와 같이
슬퍼하기

슬퍼하는 사람 곁에서 나도 몰래
기뻐하기
그녀의, 옛날의 작은 기쁨들과
앞날의 큰 기쁨에게 물어물어 갔다가
다시금 슬퍼하는 슬픔의
그림자와 같이
기뻐하기

슬퍼하는 나를 기뻐하기
기뻐하는 나를 슬퍼하기
그림자와 같이

그림자의 그림자같이

6인실

6인실은 1인실이 여섯개임
6인실은, 환자 여섯이 누운
1인실이 아님

질그릇 같은 얼굴들이 어두워가는지
밝아오는지 모름
가림막을 쳐서 6/6으로
나눠야 함
6/6은 1이 아님
1인실 아님
6인실 아님

문병 갔던 곳이나 문병 맞던 곳이나
6인실은 단단히 여미어
의성 육쪽마늘 같았음
그랬으면 좋겠음

여섯 신음들 사이에 가림막을 치고도
깊은 밤에는,

어디가 어떻게 안 아픈지
소곤소곤
소곤소곤
저마다 한통속임!

의성의 밤임
육쪽마늘 속에 돌아와 맡는 매운 내
점점 더 매운 내
핏물 약물 눈물 매운 내,
똥도 누였음
잠도 잘 왔음

6인실은 6/6임
1인실 아님
6인실 아님
1인실이 여섯개임
똥도 잘 누었음
잠도 다 왔음
한통속임

누운 당신 걸음

세 발로 걷는 저녁은
허리 굽은 노인이었다
그다음의 시간,
밤의 보행을 묻지 않은
스핑크스

다시, 네 발 보행이오
아침으로 돌아와 기는
어둠이 와요…… 그다음은?
무수히 많은 다리들의
걸음, 걸음이오

안 보이는 발들을 버둥거리며
걷지 않는 걸음
젖먹이처럼 태아처럼
웅크려 누운 걸음

누군가 아비를 죽인 듯한
어미와 동침한 듯한

두 눈이 멀어버린 듯한
어둠의 어둠이 와도

걷지 않는 걸음
누운 당신 걸음

봄, 고개

실제로 죄를 짓기도 하고 마음으로, 죄가 날 짓기도 한다
마음의 죄는 반쯤 흐린 날 구름들처럼 한량없다 나는 하늘
의 배때기에서 오려내지 못할 구름이 없었고, 그것들과 무
구히 뒹굴고 논 적이 한두번이 아니었다 알고도 짓고 모르
고도 짓는, 달콤하고 괴로운 죄 구름 계산 구름 고민 구름 그
러나, 온 힘을 다해도 도려내지 못할 구름 깊은 곳이 있었다
발버둥 쳐도 낳지 못하는 죄 어미의 쭈글쭈글한 알집, 죄 이
전의 불가능한 죄가 있었다 힘없는 것들의 진정 힘없음을,
짧아진 봄이 실로 길다는 걸 늙은 악마처럼 안다 죄짓지 못
한 기적의 아지랑이 같은 힘으로, 따사롭게 연명하며 草根木
皮, 그 고개를 또 넘어간다

지구살이

어머니 아들 못하면 내가 집을 떠나고
선생 노릇 안 되면 학교에서 쫓겨나고
기행에 표절 따위로 문단에서 퇴출돼도,
아무나 날 지구에서 쫓아낼 순 없네
안 맞아 이 별은 나하고 너무 안 맞아
그럴 기회가 있을까만, 민족을 배신하고
나라를 팔아먹으면 나라를 떠나 아무도
없는 곳, 국적도 국경선도 없는 곳에서
벌레처럼 구르고 풀꽃처럼 깜박여도
누구도 날 완전히는 내쫓을 수 없네
잘 맞아 이 별은 나하고 너무 잘 맞아
헤매다가 넘어져선 엎드려 신음하며
날벼락처럼 코로나 바이러스에 걸려
앓는 돌멩이로 죽어가도, 주인 없는 지구의
가축인 내 영혼, 누가 해방할 수 있으랴?

별 세개

지지난 겨울에
파괴적으로 숨진
서부발전 태안화력의
비정규직 노동자
김용균씨의
어머니는
어느 인터뷰에서,
아들 관련 회의에
처음 나갔을 때
산별노조가
무언지 몰라
삼별노조인가보다
별 세갠가보다
했다고,
웃으며
울었다

별 세개는
무엇이었을까⋯⋯

그것을 이제
돌아보는데,
다른 사람이 됐는데
같은 사람이고
같은 사람인데도
다른 사람 같아
보였다
그걸 읽으며
먹구름, 먹구름 밑에서
별 세개라는
시를 써보고
싶어졌다
세게 쓰고
싶어졌다

하지만, 못 쓸 것이다
내가 별세계에
살고 있어서
계산을 잘 못해서

초등학교 때부터
산수를 못해서,
내 팔다리는
몇개이고
목은 몇개며
살점은 몇 킬로인지
생각해본 적이
없어서
본 적이 없어서
별 세개의 아득한
빛을 몰라서

별빛이 세개면
사람이 몇인가
사람이 셋이면 별이
몇분이신가
몰라서,
별빛이 백만개면
사람이

몇분이신가
단 한 사람은
몇백만 별빛이신가
몰라서,
삼원이요
오원이요
팔원이요
일원이요……

돈 계산을 못해서
죽음 계산을
못해서
생명 계산을
도대체 못해서,
세개는 몇개인가
세계는 몇원인가
알지 못하는
별세계에 살아서
그 어머니의

별 세개가
비추는 세계를
세다가
졸다가
취해 잠들려 하는
별세계여

별세계의 자본이며
국가여,
단 세개를 세고 싶은
손가락들과
단 세개를 보고 싶은
눈망울들과
팔다리와 살점과
선혈이 없는
국가여,
먹구름을 치워라
별 세계를
봐야겠다

별 세개를
써야겠다
추적추적 비 내리는
국가여 홍가여,
별 세개를 못 보겠다
별 세개를
못 쓰겠다

검은 봄

나는 칼이요 분열이요 전쟁이다
사랑과 통합과 연대의
적이다
나는 찌르고 파괴하고 휘날린다
가장 작고 가장 크며
가장 보이지 않는다
변함없이 따사롭다

피 흘리는 가슴이요 찢어지는 아픔이며
나를 모르는 격투다
나는 가르고 나누고 찢는다
숨 막히는 거리와
절벽 같은 사이를 짓고
상처와 이별을 생성하며
가장, 지나가지 않는다

나는 처음처럼 나타난다
나는 병이고 약이며 고통이다
자연이요 문명이요 생명이다

나는 죽이고 살리고 허물며
세운다 규범 없는 세계를,
세계 없는 규범을 세우고,
허물고 살리며 죽인다

나는 폐허이고 천국이다
지옥이며 평화다
성부와 성자와 성령의 이름으로
또한 코로나의 이름으로,
나는 따사로운 저주다
이름 없는 모든 것으로
이름 아닌 모든 것으로

문어들은 저런 식으로

괴상하고 험악하게 꿈틀거리며
문어를 먹는 문어를 보면
세상에 죄라는 건 없는 것 같다

거미를 먹는 거미
뱀을 먹는 뱀
상어를 먹는 상어

괴상하고 어지럽게 꿈틀거리며
문어에게 먹히는 문어를 보면
세상에 벌이란 없는 것 같다

아귀에게 먹히는 아귀
사마귀에게 먹히는 사마귀
인간에게 먹히는 인간

사랑하듯 끌어안고
서로 빨며,
문어들은 저런 식으로 하는 것일 뿐

생명도 죽음도 없다는 듯
생명도 죽음도 그냥
있다는 듯

죄와 벌

건강하고 죄 없는 마음을 담아 보낸다는
인사말을 책에 적어 부친 당신,
병들고 죄지은 마음 담아 보낸다는
말이었으면 좋았을걸

나는 건강하고 깨끗한 마음을 모르고
병도 죄도 안은 적이 없으므로
이 낯선 마음의 책을 덮으며,
삶이 죄고 병이 벌이라는
숱한 병원 이야기보다는
삶이 벌이고 죄가 병이라는,
헛소리가 듣고 싶어졌다

병 없던 나날이 벌이었어
하염없는 즐거움이 다 벌이었어
그리고 바로 이것이 네 죄다!
이렇게 싱싱한 고통이 있다고
묶이고 베이고 꿰매이며
병상에 던져진 피 흘리는 이걸 봐

적출되지 않는 종양 같은 것!
출산 중에 사라져버리는 태아 같은 것!

건강한 종양을 뇌와 골수에 담고
벌은 웃고 벌은 산다 논다
젖먹이처럼 천진한 눈망울로
벌은 나풀거리고 벌은 잘 산다
죄의 못에 등판이 찔려 채집된 채로

자연처럼

매일 하는 코로나19 브리핑 뉴스에서, 정은경 청장이나 무슨 본부장 어느 반장이 아픈 사람들처럼 현황, 주의, 당부 말씀 전할 때 옆에서

노란 점퍼도 안 입고 마스크도 없이 수화 통역사가, 위험 천만의 표상처럼 아픈 자연처럼 표정과 손짓과 몸짓으로, 그러니까 온몸으로 연기가 날 듯 온몸을

전달한다 그 침묵에 아— 하고 탄식, 탄식하지 못할 때가 많아요 말문이 콱 막히면 몸이 비상이 나서 통째로 출동하는구나 싶다가도 자꾸,

놓쳐요 그이는 눈앞에서 연기처럼 사라진다 못 들어요 정 청장은 방역 교과서고 통역사는 불타는 방역 교과서인데도 불이 눈앞에서

픽, 픽, 꺼지는 거, 이게 내 상태다 너무 급한 건 더뎌 나는 본래 귀머거리, 나는 드디어 눈뜬장님, 청장 브리핑 마치고 내려올 때 그이들도,

교대합니다 교대하는 그 모습 힐끗, 안 보고선 채널 돌리는 내 눈곱 낀 눈에 딴 노란 점퍼 등장하고, 통역사 조용하고 폭발적인 몸부림 준비하느라 잔뜩

긴장한 얼굴, 그이는 말을 알아요 그러나 수고하고 무거

운 짐 진 자처럼 말 모르러, 진저리 치며 떠나간다 온통 출동
합니다 신음 한점 없는 자연처럼

등꽃 아래서

너는 작으니까 많은 걸
지고 다니지 않아도 된다
그늘에 젖거나 망상에
빠지지 않아도 된다
너는 작고 작은 것이니까
공중에 떠 있지 않아도 된다
떠 있어도 된다
분홍 보라 꽃등을 끄고,
잠들어도 괜찮다
너는 보잘것없는 것이니까
잊어도 괜찮다
못 잊어도 괜찮다
살아도 좋다
살지 않아도 좋다
너는 미물이니까,
참아도 된다
참지 않아도 된다
제정신이 아니어도 괜찮다
제정신이어도 괜찮다

너는 없는 것이니까
나타나지 않아도 좋다
분홍 보라 꽃등을 켜고
이제, 나타나도 좋다

무슨 사정이 있겠지

기다리는 내 가슴 앞에
차들은 지나가고
가을볕은 번쩍인다
무슨 사정이 있겠지

오지 않는 너는 동쪽 멀리에
한낮의 구름들은 벌써
서쪽 하늘에,
무슨 사정이 있겠지

켰다 껐다 켰다 껐다 하며
들여다본 스마트폰엔
혼자 죽은 사람들,
무슨 사정이 있었겠지

다시 켜서 내려다보는
뉴스 창엔 누군가를 죽인
어떤 이들 어떤 이들,
무슨 사정이 있었겠지

땅거미 지는 네거리에 대체 왜……
너는 와닿지 않고,
별안간 미친 누가
차를 몰고 돌진해서는,

사방에 칼을 휘둘러댈지 모른다
무슨 사정이 있겠지
캄캄하고 사정없는
무슨 사정이 있겠지

중

쉰일곱 내가 아직 인간이 못 되니
어머닌 여태 나를 낳는 중
내가 인간이라는 것이 될 철이
모자라서,
임신 중
어머닌 오래전에 할머니가 되었는데
진통 중
나도 노력 중
미니스톱 앞에서 소주 마시며 열심열심
애쓰는 중
파라솔과 함께
슈퍼문과 함께
스마트폰과 함께 계속,
어머니 배 속에서 노력 중
인간이라는 걸로 태어나려고
사실은 태어나지 않으려고
버둥거리는 중
어머니도 나도
인간이라는 게 뭔지

사실은 모르는 중

모르는 중

잘 낳고 계세요?

잘 태어나는 중이냐?

말로만 통화 중

입덧 같은 한국말이

끝나던 중

미니스톱 일인승 캡슐에서

요양병원 일인승 캡슐로,

끝나지 않는 중

어머니가 애쓰는 동안에는

나도 애써야 하는 중

통화는 먼 훗날로 먼 곳으로

이어지는 중

나도, 어딘가로 자꾸

태어나려는 당신

임신 중

낳지 않으려고

버둥거리는 중

잘,

태어나지 않고

계시지요?

내가 애쓰는 동안에는

어머니도 애써야 하는 중

잘 태어나기는

없는 중

통화는 계속 중

계속 통화 중

허송 구름

쫓기기 싫었다
간섭받고 만나고
떠들기 싫었다
관계와 소통과 유대는 이
싫음이,
교란되고 실패하는
사태였다 그럼에도
싫음은 쫓겼고
간섭받았고,
만나고 싶어하고
떠들고 싶어했다
관계와 소통과 유대를
즐겼다
공갈빵 같은
사회성 한평생
한평생 사회성
외롭기 싫고
힘들기 싫고
넋을 놓기 싫어서였다

무사안일이었고
태연자약이었고
희희낙락이어서였다
빈틈없는
구멍이어서였다
끄덕거리며
인생 낱낱에 관대했고
전부에 단호했지만,
넌 끝났어
실패야
중얼거렸지만,
그래도 나에겐
나의 세월을 어떤
시간으로 만들어주는
허송세월이
있으리라, 믿었다
세월은 쉽고
식음 전폐 같은
허송세월은 어렵다고

생각했다
생각되지 않았다
되지 않는,
온몸에 정신이 하나도
없는 허송은
너무 어려워서 살 것도
죽을 것도 같다고
두근거렸다
지금 내 머리 위의
새털구름은 막,
시속 삼백 미터에
도달했다
서대문 모래내 인근을
질주 중입니다
느리고 긴급한
허송세월을 두고,
아름답고 괴로우며
숨 막히는
허송세월을 잊고

너무도 바쁘고

너무도 게을렀지만

나의 시간은 지금,

시속 삼백 미터로 뛰고 있는

새털구름

새털구름

우리는 모두 고생하고

있습니다,

중얼거린다

후회 중이며

분열 중이며

미소 중이며

시속 삼백 미터로

시속 제로로 다시금

질주 중인

허송 구름이라고,

사는 쉬움을 놓치고

살지 않는 어려움 가까이

고생은 무슨

고생입니까

난항 중인

출현 중인

허송 구름이라고

부드득,

이를 갈며

아프다고 생각하며

골목길 어둠 속에서 별안간 고양이가 나타나
더 어두운 구석으로 절룩절룩 도망친다
아픈 줄 몰랐는데
못 걷는 다리 하나를 들고 달아난다
다친 강아지들이 수술받는 것도 티브이에서 보았는데
아프리라 생각하며
아픈 줄 몰랐는데
예전엔 마을에서, 목에 칼이 들어간 돼지들의
드높은 비명도 들었는데
아프다고 생각하며
아픈 줄 몰랐는데
청년이 일하다가 죽었지만 아무도 책임지지 않으면,
모두가 무죄란 말이냐며 우는 어머니를 뉴스에서
보았는데
강아지는 다행히 수술을 받는구나
돼지들은 비명을 그쳤구나
사람이 죽고 재판을 하고, 채널이 바뀌었구나, 하면서
안 아픈 줄 알았는데
고양이는 놀라 바둥거리며 꼴찌처럼

잘 달아나지도 못하는데
아프다고 생각하며
안 아픈 줄 알았는데
강아지는 죽었는데
돼지는 국밥이 되었는데
눈물은 어머니 뺨에
흘러내렸는데

마스크들

어쩌다 서울 가면 버스나 지하철에서
모이 쪼는 양계장 닭처럼 승객들이 예외 없이
스마트폰 액정 화면에 목을 빠뜨린 걸 보고
신은 과연 계시는구나, 싶었다
팬데믹 땐 단 하나 예외도 없이
다들 마스크 속에 얼굴을 묻은 채로 또
그걸 들여다보고 있어서
신은 한층 분명히 계시는구나, 싶었고
꼭 신이 있어서가 아니더라도
대단해 보이던 이들, 셀럽들은 물론 톱스타들,
재벌 총수에 대통령에 해외의 왕들까지도 마스크 속에서
코맹맹이 소리로 옹알대는 걸 들으면 어쩐지
세상이 공평해진 것 같더라고
예외가 없다는 것…… 이를테면, 중국인들이 모두 제자리에서
일제히 뛰었다 내리면 지구가 궤도 이탈한다는
농담 속의 그 모두나 일제히 같은 말을 떠올리다보면,
계급은 죽고 평등 세상이 온 것 같더라고
하지만 갔다 왔는지 왔다 갔는지 모르겠던 조상귀신들

처럼

　　팬데믹 지나간 시절, 볕 좋은 서울 거리,

　　그새 부음 몇줄 달랑 남기고 떠나버린 이들 생각나고

　　좋은 것 가지고는 그런 예외 없는 천국이란 게

　　올 리가 없지 않나 싶어지는 것이다, 아니

　　그러다가도 북적대는 인파에 떠밀리며

　　일제히 사라져버린 마스크들 생각을 하다보면 또

　　꼭 신이 있어서가 아니더라도,

　　이 지구는 궤도를 잘만 이탈할 뻔하지 않았던가

　　모두를 괴롭혔지만 모두에게 정말 좋은 어떤 것이

　　단 한번 예외처럼,

　　우리 곁에 와 몇년씩이나 머물다가 그만

　　지쳐 떠나버린 건 아닌가 싶기도 한 것이다

나의 인간 나의 인형

진흙 인간이나 유리 인형처럼 살아왔다
피를 흘린 적이 왜 없었겠나 하지만
피 흘리는 진흙 인간이나 유리 인형처럼
살아왔다 감내하고 희생한 적이 왜
없었겠나 하지만 감내하고 희생하는
진흙 인간이나 유리 인형처럼 살아왔다
자랑하고 떵떵거린 적이 왜 없었겠나
하지만 자랑하고 떵떵거리는 진흙 인간이나
유리 인형처럼 살아왔다 명상하고 깨달았던
시간이 왜 없었겠나 하지만 명상하고
깨달은 줄 아는 진흙 인간이나 유리 인형처럼
살아왔다 쾌락의 늪과 회한의 골방이 왜
없었겠나 하지만 쾌락에 떨고 회한에 젖은
진흙 인간이나 유리 인형처럼 살아왔다
죄지었던 날이 왜 없었겠나 하지만
죄 많은 진흙 인간이나 유리 인형처럼
살아왔다 의문 없이 누굴 껴안았던 적이 왜
없었겠나 하지만 의문 없이 그 누구를 껴안은
진흙 인간이나 유리 인형처럼 살아왔다

이겨서 행복해하고 져서 행복해하던 때가
왜 없었겠나 하지만 이기고도 행복하고
지고도 행복한 진흙 인간이나 유리
인형처럼 살아왔다 그렇다면 결국, 아무것도
아닌 것과 싸우고 아무것도 아닌 것과
사랑했을 뿐이지 않나 하지만 아무것도
아닌 것인 줄 모르는 나의 인간 나의
인형이여, 아무것도 아닌 것과 싸우지 않고
무엇과 싸운단 말인가 아무것도 아닌 것과
사랑하지 않고, 대체 무엇과 사랑한단 말인가

헌 의자

사월인데도 원주 매지리 산자락은 축축하고
일기는 불순해서 날이 찼다 한낮에도 이불 덮고
한참씩 오그려 누워 있곤 했다 방 의자가
몸에 맞질 않아 회의실 의자로 바꾸었는데
여전히 등줄기가 뻐근하기만 해서
휴게실 의자는 어떨까, 또 바꿔봤지만
그 역시 등받이가 불거져 나와 결렸다 급기야
감기가 오고, 등허리며 가슴으로 요통인 듯 담인 듯한
통증이 퍼져 잠 못 드는 날이 이어졌다
인근 흥업면의 여관엘 가 묵어도 보고
한의원을 찾기도 하며 사월을 허덕허덕 건너다가,
어느 날 집필실 밖 베란다에 놓인 헌 의자에
눈이 갔다 걸터앉아 볕을 쬐거나 골짜기를
내려다보거나 하라고 거기 놓였을 그
철제 의자가 몸에 맞았다 궂은비에 젖었다
말랐다 하며 먼지 푹 뒤집어쓴 낡은 의자가
마음에 들었다 한시름 덜고 나서 생각하니,
내 몸이 헌 의자에 잘 맞는 것이 다행하고 내가
별로 비싼 인간 같지가 않아 안심이 되었다

탈이 몸에 찾아온 것은 꼭 날이 궂거나 의자가
안 맞아서가 아니었고, 적잖은 세월 함부로 몸을
굴려서도 아니었고, 쉰아홉 내가 나의 시간에 맞게 잘
헐어가고 있었기 때문이었다 바깥에 버려졌다
다시 돌아온 헌 의자와 더불어 앉아 생각하자니,
이렇게 잘 헐어가고 있는 것은 또 내가 본래 그냥
헐해서였다 어떻게 생각해봐도 별수 없고,
별일도 없어 평온한 사월의 마지막 날이었다

내 마음은 나도 몰래

모진 말과 빈말과 거짓말 중에
그중에 제일은 거짓말이라
입 밖에 낸 그 말 온 세상에
초롱초롱 숨어 살고,
입안에 가둔 말들 살찐 벌레 같아라
모진 말과 빈말과 거짓말 중에
그중에 제일은 거짓말이라
나는 늙어가서 먼 산골짜기의
마른 나무로 침묵할까
오래 초록과 단풍의 진물 흘리리
세상 모진 말과 빈말과 거짓말 중에
그중에 제일은 한갓 거짓말이니,
나는 늙어가서 요양병원 구석의
조그맣고 검은 치매 노인 될까
울 때 웃고 웃을 때 슬피 울며
입 밖의 말 입안의 말 다 잊고,
내 입은 침처럼 다른 말을 흘리리
내 마음은 나도 몰래 진심을 모아
오래된 거짓말의, 거짓말을 흘리리

밀접 접촉자

영안실에 확진자가 발생해 격리된 상주 얘기를 어렴풋,
들었나?
상주는 문틈으로 친척이 넣어주는 밥과 자가진단 키트를
받았다고
취한 채로, 조문이 안 됩니다, 사방에 문자를 보내면서
도시락을 뜯어 먹고
키트로 이틀간 한번, 또 한번
감염 검사를 했던 것
같았는데, 심야 빈소에 사람이 없다, 시신은?
시신이 없다, 사람은?
희뿌연 복도를 가만히 걸어가 출입문 너머 불 꺼진 안치
실을
밀접 접촉하듯 쳐다보았다는 것 같았는데

꿈에서 깨어났다 술병이 가득 찬 업소용 냉장고 아래
쓰러져 있었다 발인 날 아침이었고 입관은 끝났으며,
화장장엔 따라 들어갈 수 없다고, 누가 말했다
생시임이 분명한 저승 지척에서 그는 불구경하듯
하지만 밀접 접촉하듯 화장장 연기를 눈에 담다가

따로 차를 타고,
따로 언 산비탈엘 가 먼발치서
따로 절하고,
따로 고향집으로 굴러 내려와 늙은 약쟁이처럼
다시 코를 찌르고 있었던 것 같았는데

── 이제 그만 일어나 아침 먹어야지
── 어머니, 냉수 좀 주세요

또, 꿈에서 깨어났다 소주병이 굴러다니던
삼십년 전의 건넌방이었다

당신을 바로 이 순간 밀접 접촉한 자로서
흐느끼는 자로서 저도
찰나에,
그 양성반응을
확진 판정을

받고 싶어요

받고 싶지 않아요
받고 싶어요

도대체,
어디에
안 계신 거예요

큰 병원

어느 시골 병원에 실려 간 병든 노인을 두고
여기선 손 못 써요 큰 병원으로 가보세요,
의사가 말하면 다들
눈앞이 캄캄하겠지 큰 병원이란 대체
어디에 있는 병원이란 말이란
말인가, 싶겠지

운명하셨습니다, 하고 큰 병원 의사가 그때
숨 거둔 환자의 혈족들,
우리에게 짤막하게 고했을 때
이렇게 헛들었다
여기선 안 돼요 큰 병원에 가보세요
더 고칠 데가 없는 시신 앞에서 더는 말이 없는,
작디작은 지상의
큰 병원이 소개하는

큰 병원이란 무엇인가 그것은 시신이,
안 가려고 하다가 나중엔 그렇게나 가고 싶어하던
저세상인가 저세상이라면 이,

폐가와 같은 사체의
고통 없음과
고통의 감각 없음과
고통의 뿌리인 생명 없음과
생명의 꽃인 넋의 사라짐을

저승이여 큰 병원이여,
손써볼 수 있으려나
없음으로써 있는 이 투명인간을
이, 보이는 사람
없음으로 이룩된 투명인간의
불순한 없음을,
있음이라는 투명을
치료할 수 있으려나

펄쩍펄쩍 뛰며 놀자고 보채는

할인행사 개업행사나 떨이하는 데 줄 서서 기다렸다가 뭘 사는 걸 좋아합니다 명당이라는 로또 가게 앞에 둥글게 똬리 튼 긴 줄도 좋아하고요 헐한 곳에 있을 때면 다 같이, 조금 덜 헐한 느낌이 들기 때문에

나 평생 유리했어 어딘가 늘 한 자락 여유가 있었어, 하는 마음이 들 때가 싫습니다 어쩐지 쌈마이로, 비싸 보이는 거요 나 평생 불리했어 어디에도 한 자락 여유가 없었어, 하는 생각이었으면 좋겠소…… 하지만,

진짠지는 몰라요 유리하게, 조금 쪼들렸던 거 그거, 비싸게 군 거겠지 지난날, 지난날을 헛꿈처럼 흘려보내서 아마도 노후는 화성 같겠지만 노후라니, 내가 노후를 생각하게 된 게 어딥니까 사는 덴 어디라도 비비고 기댈 덜 차가운 언덕이 있어야 한다지만,

어쩌다 시만 좀 쓰려고 하면 이런 생각들이 스르르 사라져요 불리한 곳, 비빌 데도 기댈 데도 없는 곳에서 분실된 말이 아니면 금방 싫증이 난다는 건데…… 사실 사라짐도 싫증도 여유가 있어요 뭉그적거리면서,

하품하면서, 비명 아니면 신음만 듣다가 또 하루가 갑니다 안 비싸지질 못하고 빈둥거리다가, 쌈마이로 태연히 저

문다는 거예요 나는 대책도 무대책도 없는데, 시는 늘 펄쩍 펄쩍 뛰며 놀자고 보채는 아이 같지요

동물원

동물원 동물들은
동물 이하가 되어
창살 안에 갇혀 있고

휴일의 인간들은
동물들을 보며
웃고 떠든다
인간 이하가 되어

이런 때는 하느님도 어딘가
하느님 이하가 되어,
주룩주룩 비가 내리네
워우워우 비가 내리네

동물원에 동물들이
동물원에 인간들이
동물원에 하느님이

이하 동물,

이하 동물,

이하 동문들이 되어서

잎들은

등나무 긴 줄기에서 잎들이
늦었다고
더디다고
돋아난다
깨알만 한 손톱만 한 것들이
많이,
아주 많이
늦었다고
그러나 어느 봄 숲 여름 계곡에도
바쁜 잎들은 없네

등나무 마른 줄기에서 잎들이
빠르다며
이르다며
떨어진다
다 커서 더는 자라지 않는
시든 것들이,
이건 너무
금방이지 않느냐고

그러나 어느 가을 산 겨울 들판에도
게으른 잎들은 없네

봄은

망하고 망하면서 봄은 간다
망하고 다 망해서
봄은 간다
얻어맞고 나뒹굴며 맨발로
쫓기어 간다
부딪히고 고꾸라지고 신음하며
휩쓸려 간다
움켜쥐고 물어뜯어도
꿈쩍 않는 여름 가을 속으로,
가도 가도 끝없는 빙판 위로
겨울 속으로

부모 형제 친구를 다 잃고
대오와 참호와 깃발을,
전쟁과 평화를 잃어버리고
끝없이 패주하며
이편에서 저편으로,
처자식들 아득히 버리고
숨 거두며 간다

살해되고 섬멸되며 어딘가로
봄은 간다
각자도생도
구사일생도
기사회생도 없이

기어갔다 굴러갔다 날려갔다
숨 거두고 난 뒤의
눈벌판으로
봄은,
봄으로 갔다
따스하고 간지러운
개구멍들로,
온 세상에 뚫린 저 세상으로
봄은 갔다
검은 신의 검은
인공호흡 속으로

봄은 죽고, 봄은 온다

먼 훗날처럼
먼 옛날처럼 온다
봄은 죽고
봄은 태어났다
죽은 봄은 살아간다
붉고 녹고 푸른 곳,
꽃 피고 지고 새 우는 곳,
어둡기만 한 빛 속으로
가도 가도 환하기만 한
어둠 속으로

개망초 개망초

무얼 또 지어올리려나
농사 죽은 팔린 땅에
개망초 한 세상
하느님은 짓는다 개망초를
이주 노동자처럼,
늙은 원주민처럼 외롭게
공사는 멀었다
당당 멀었어
여름 햇볕과 소나기,
미세먼지 산들바람
하느님은 바쁘다 석달째
개망초만 짓는다
청소부처럼 알바생처럼
바쁘다 개망초 앳된
그늘에서 하느님은
사고팔 줄 몰라 그냥,
통째로 우물거리는 중
그게 사고파는 중
하느님은 부동산이 뭔지 몰라

하는 수 없이,
빌딩과 아파트 구멍에
눌러앉은 인간들을
꼬물거리는 하느님 자식들로
그냥, 보유하신다
버려진 땅 쓰레기들
쇠붙이 잡동사니
펄럭거리는 플래카드와
땅! 땅! 땅!을 꿀꺽,
삼키신다
긴 되새김질로 하이얀
개망초만 뱉어낸다
힘없이 힘만 없이, 하느님은
하는 수 없는 하느님
쫓기는 빚쟁이처럼
쫓지도 못하는 늙은 빚쟁이처럼
개망초만 짓는다
진흙 내장에서 게워낸
개망초 개망초

바로 그 내장처럼 게워낼 수 없는

벌레들 벌레들을 통째로

보유하신다, 하느님은

삼키신다 바쁘시다

전지전능은

벅차시다

하이얀 공터에 녹슨 포클레인이

기름 똥을 누는 동안

기름 똥 위에 또

기름 똥을 눠서

뭉개는 동안

고치고 있다

아픈 사람이 아픈
아이를 낳는 것
같더라도
얼굴은 말끔해
보여야지
사지는 멀쩡해
보여야지
너무 앓는 것 같진
말아야지
은유를 바꾸고
리듬을 고쳐준다
나는 돌팔이,
고치고 고치고
또 고치면
퇴원이 될 거야
퇴고가 될 거야
잊을 수 없을 만큼
믿을 수 있나?
아픈 사람이 아픈

아이를 낳더라도
입성은 멀쩡해야지
분홍 셔츠 반바지에
하이얀 양말,
하이얀 신발을 신기듯
묘사는 상상으로
상상은 묘사로,
행간을 팽팽히
비워줘야지
말 못하는 사람은
말 못하는 아이를
희뿌연 문맥처럼
사랑해야지
깨끗한 배내옷을
빨아 입혀주고
피를 갈아주듯
더 세게
더 힘없이,
고칩니다

낫습니다

고칩니다

낫습니다

내가 앓는 그것을

앓는 그것이 나를

어르고 달래고

껴안고 헐떡이면,

하느님처럼

숨이 돌아오고

혈색이 도나?

마감 모르는

마침 모르는

문장들 문장들 문장들을

보면,

병원을 둘러보면,

젊은 날 잘못해서

놓쳐버린

고운 아이의

희미한 얼굴이

떠오를 것 같고,
영영 잃어버린
문장들의 옹알거림이
어슴푸레
희끄무레
들려온 것 같고

무명지

약손가락은 옛날에
탕약 젓던
손가락이라 해요
약 손가락
무명지는 무명지,
이름 없는 손가락
눈에 잘 안 띄는
그냥 넷째 손가락

나는 넷째요
깨물어 안 아픈 손가락 없는
우리 집 노인이 저도 모르게,
열심열심 깨무는 치매의
넷째 손가락
많이 아프진 말아야지
자꾸 깨물리진 말아야지 하며,
약처럼 약속처럼 남은 생은
당신과 나아보고 싶어요

오늘 밤 피가 지나가는 당신 무명지에
외반지를 끼우며
우리, 이름 없기를
피프티
오늘 밤 당신이 내 무명지에
끼우는 외반지
후생의 사랑 같은 사랑의 후생 같은
피프티,
이름은 없기를

잔칫집

안암병원 장례식장에는
일층부터 삼층까지 칸칸이
초상집들이 늘어서 있었는데,
저녁 되니 어느새 왁자지껄해져서
잔칫집들 같았다

이층 구석 206호실만 비어 있었다
아직 새 주인이 들지 않아 어둑한
그 빈방만 초상집 같았다
그 조용한 집만 잔칫집 같았다

내일에게

너는 내 눈앞에 또 나타나서
너를 믿어보라고,
웃으며 말한다
너인 것 같은 어떤 것을
믿는 일에 무슨 끝이 있겠느냐고 다정히
웃는 얼굴로 말한다
보이는 것을 못 믿을 순 있어도
안 보이는 것까지 믿지 않을
도리는 없지 않겠느냐고,
너는 내 팔뚝을 바퀴벌레처럼 기어가는 네가 아니라
내장 속을 바이러스처럼 떠다니는
너를 보라고 한다
네가 아닌 것 같은 어떤 것을
메스를 쥔 의사 앞에서 떨고 있는
아이의 짓무른 눈망울 같을 때가
많았던 나에게, 아니 아니
아이의 짓무른 눈망울 앞에서 칼 들고
부들부들 떠는 의사 같을 때가 더
많았던 이에게

끝은 없다고, 끝이 뭐냐고 웃는다
코로나로부터 인간을 보호하려면
인간으로부터 코로나를 보호하려는 것과 같은
수고가 필요해진 것과
마찬가지 아니겠냐고,
흘린다, 끝없는 웃음을
명이 간당간당하는 시한부 세계에 암약하는
보이스피싱범 같달까,
급소로 무기를 치는 것들이
무기로 급소를 치는 것들을
이기게 한다고?
그런 웃음은 어떻게
웃지?
나는 죽은 채로 걸어다녔던 오늘
보이는 것은 보면 되는 것이며
안 보이는 것은 믿는 수밖에 없다는
헛소리에, 무엇보다도,
그치지 않는 웃음에
녹는다

녹아간다
나는 있는 그대로의 너를, 아니
없는 그대로인 듯한 너를 본다
네 얼굴은 매일 뜨는 해처럼 티 없이
환하기만 하구나
한번 깨끗이 씻어본 적도 없이
언제나 한밤중의 너에게,
한밤중의 한밤중에
사랑을 당한다
사랑당한다
사랑한다

내 인생 편안해

아버지 눈치
어머니 눈치
선생님들 눈치 보느라고
내 인생 얼음장 같았는데,
다들 가시고 나니
편안해

아버지 걱정
어머니 걱정
선생님들 걱정 하느라고
내 인생 살얼음판 같았는데,
다들 안 계시고 나니
홀가분해

얼음 걷힌 강물 위를
처음 걷느라고,
검푸른 수심을 부들부들
혼자 건너느라고

내 인생 홀가분해

아주 편안해

한여름 밤

조치원 내창천 곁 침침한 돼지목살집엘 들어가
테이블 위에 올려둔 철제 선풍기에 손을 얹은 채
주인에게 말대답을 했다 그러고 내려다보니, 그
낡은 선풍기, 헤드엔 덮개도 없이 강풍으로
맹렬히 돌고 있더라고 주인이 한마디 더 하고
내 손이 몇 센티만 아래로 미끄러졌다면 피범벅
됐을 거야 놀랐어, 놀라긴 했는데 고기를 구우며
늦는 학생들을 기다리면서도, 어떻게 사람들
드나드는 길목에 저걸 덮개도 안 씌우고
틀어놨나 이해가 안 되고, 저러다 취한 누가 크게
다치기라도 하면 주인은 대체 무슨 경을 칠 건가
싶어서, 일어나 그 선풍기 꺼버리고 왔다
고기가 알맞게 익자 도착한 학생들에게 선풍기
얘기를 하며 어떻게 사람들이 저렇게 무감각,
무신경할 수 있느냐고, 목살이 목에 걸린 듯 연신 얼굴을
찡그렸다 학생들도 고개를 끄덕이긴 했는데 그러다
건너다보니, 그 선풍기 또 웽웽 잘만 돌아가고 있고
누가 다시 가서 끄고 오겠다 하지도 않았다
당신은 이상한 데 진심일 때가 있어, 하는 핀잔

들었던 기억도 나고 술도 쉬 오르고 밤은
후덥지근하기만 해서 서둘러, 이차 가자며 먼저
일어섰다 여긴 이제 오지 말자 술기운 누르며
비틀대고 있자니, 조만간 어디 농가주택 구해 텃밭
일구며 살자던 다짐이며 몸 부려 땀 흘리고 지낼
꿈인지 현실인지가 생각났다 손가락 없는 손으로
어쩔 뻔했나? 아니, 나는 왜 내 잘린 손가락들은 잊어먹고
선풍기 타령이었나? 살 만큼 산 건지 철딱서니 없는 건지
알 것도 모를 것도 같은 한여름 밤이 깊어갔다

흑산

정약전

너를
서쪽 바다에
놓아주노니,
달아날 테면
달아나보아라
돌아올 테면
돌아와보아라

나는
서쪽 세상에
살고 있으니,
잡아갈 테면
잡아가보아라
놓아줄 테면
놓아줘보아라

로보캅

로보캅은 달려간다
로보캅 속에 누가
들어 있다
로보캅은 사람 같다
사람이다

로보캅 슈트 속의
누가 달려간다
로보캅과 사람이
달려간다
로보캅과 내가
달려간다

어느 벌판의 짐승도
저렇게 달리지 않고
어느 하늘의 새도
저렇게 날지 않는다
어느 구멍 속 벌레도
저렇게 기지 않는데,

슈트를 뒤집어쓰고
로보캅이 달려간다
내가 달려간다
생각하며 피 흘리는
인간이 달려간다

신문이 신문 했다
『고대교우회보』 창간 50주년에 부쳐

『고대교우회보』 창간 50주년 축시를 쓰려고
2020년 7월 20일 자, 지령 제600호를 펼쳐보았다

군인은 고대에 왔다. 짓밟았다.
그리고 학교 문을 닫았다. 「10월 15일」

이렇게 적은 1971년 11월 5일 자 『고우회보』* 제16호 1면이,
600호 신문의 1면에 가득, 들어가 있었다
또, 그날의 14면은 오늘의 3면에서
이렇게 피 흘리고 있었다

캠퍼스 삼킨 최루탄 세례
곤봉과 군화의 난무 속에 비명과 통곡 가득
피 흘리며 잡혀가는 학생에 교수들 흐느껴
흥분과 분노 속에 투석으로 맞서기도
총구 앞에 가슴 내민 남학생 「쏠 테면 쏴라」

모든 것이 마흔아홉해 만에 함뿍 돌아와 있었다
우물 밑에서 깊이 올려다보는 얼굴처럼,

큰 바다에 떠오른 큰 배처럼
제자리에 처음 놓여 있었다

600호 가운데 딱 한번 이 16호를 발행하지 못했던 것은 그
러니,
위수령의 총칼에 신문을 통째 빼앗겼다는 말이 아니다
편집국장은 초교지를 편집인에게,
편집인의 유족들은 그걸 다시 모교 박물관에
빼돌리고 건네고 깊이 숨겨서 피 묻은 단 한부를
역사에 배달했다는 뜻이다

지옥에서 돌아온 레버넌트같이
교정에 그렁그렁한 꽃나무와 꽃 귀신들같이
지령 제600호 1면에 비로소 모셔진,
지령 제16호의 1면을 오래 들여다본다
그리고 이렇게 고쳐 읽는다

군인은 고대에 오지 마라. 짓밟지 마라.
그리고 학교 문을 열어라.「10월 15일」

고대는 살았고
독재는 죽었고
신문은 적었다

물이 아래로 흐르듯 구름이 하늘에 떠가듯
자연스럽게,
아니, 물이 거꾸로 치솟듯
구름 하늘에 로켓을 쏘아올리듯 자연스럽게,
그러므로 반역처럼 자연스럽게
적어온 펜과 종이와
인간의 굳은 손

『고대교우회보』50년이여,
경하하리로세
1971년 11월 5일의 제16호 『고우회보』여 단 한부여,
경하하리로세

고려대학교가 고려대학교 했다

『고대교우회보』가 그냥『고대교우회보』했다
신문이 신문 했다

노인이 온다

내장에 꽃이 피고 관절에 불꽃이 튀어요
노인이 되느라고
현인도 선인도 악인도 아니고
삐걱거리는 노인이 될 줄은
몰랐는데

눈사람처럼 우물거리다 고개 푹 꺾는
노인이 될 줄은
알고도 몰랐는데,
활처럼 휘고 못처럼 굽은
노인이 온다
흔해빠진 그 노인이라는 마지막
사람이 돼야 할 줄은
모르고도 알았지만,

뇌 속에 안개가 퍼지고 심장에 음악이 흘러요
기운 없고 정신없고 내일 없는
노인이 되려고,
너는 이제 새 세상이 왔는데도 결코

해방되고 싶지 않은
해방 노예처럼

그 사람을 업고 다니고 품고 다니며
주인처럼 병아리처럼
눈물처럼 모셔라
노인과 살아라 버리지
말아주세요,
노인에게 빌어라

가장 오래 기다린 마지막 인생
마지막 연락,
첫 사람이 온다
원한 없고 인생 없고
노인도 없는
노인이 웃으며 온다

노인들이 사방에서 몰려온다
노인을 사랑하라

원수를 기뻐하라

꽃처럼 불꽃처럼 타올라라

안개처럼 음악처럼

흘러가라

어린 아침

내가 우는 건 좀 하지

낮부터 저녁까지 일하다가
밤이 깊으면,
다 큰 어른이나 된 듯
술병을 딴다

새벽에 잠들어 아침 늦게 일어난다
스물 때도 이랬는데
조금만 마시거라,
나무라기도 달래주기도 하던 말씀이
이젠 없고

어느 먼 곳이다

지끈거리는 이마를 짚고
눈을 감는다
늦은 아침이 어리고,
또 어리다

내가 한 눈물 하지

강

예버덩문학의집 앞에 주천강이 흘렀다
나는 밤이면 강에 나갔고
어머니는 강 건너에 나타났다
나는 취해 강을 건너가다 빠지고
어머닌 강을 건너오다 사라져
안을 수 없었다 가으내,
주천강 가에 예버덩문학의집이 흘렀다
물은 차고
목은 탔다
술 그만 마시라는 말씀이 달아서
들어드리지 못했다

당신의 끝

당신은 끝났습니다, 아니
당신은 정말 끝났습니다 그래서
나도 끝이 나갑니다
나는 근심할 후사가 없고 당신은 내가 매달렸던
마지막 사람이었으므로
이제 나는 정말 끝이 나갑니다
끝이라는 목소리 또는 의미의 동심원이
무심히 건드려놓는 이 시간을 어떤
시작이라 부를 수는 없습니다
다시 시작되지 않는 것으로서
나는 함부로 먹고 마시고 떠들 수 있고
앉지도 서지도 눕지도 못할 수 있으며,
당신은 내 꺾인 걸음을 풀어주기도
멀쩡한 호흡을 한참,
끊어주기도 합니다 나는
당신의 끝을 잊거나 안 보려 할 만큼
똑똑하질 못합니다 한해 또 한해,
당신의 끝을 방치함으로써 서서히
옥죄어오는 나의 끝, 끝나가는 나를

굶주린 벌레처럼 탐닉하며
꼼짝달싹하지 못하는 이 시간이,
망국처럼 해방처럼 아득합니다
당신은 지금 나의 길 없는 나날과 아무 관련이 없고
나의 회한과 실의에 전혀 빚이 없지만,
함께했던 날들에 대해선 야속히 꿈에서도
한마디 투정이 없으십니다
당신과 나는 이제 끝입니다 우리는 정말
끝났습니다 그래서 당신은 자연처럼,
어제는 강원도 어느 산간의 물소리 곁에
오늘은 저세상 같은 제주 상공의 구름들 위에
내일은 곯아떨어졌다 깨어 다시 쥐는 술잔에
나타나고 나타나고 나타납니다
나는 그것을 끝없는 끝이라 부르고
끝나가는 나를 끝나지 않는 나라 자연처럼 믿으며,
눈을 떠 당신의 끝을 온 하늘 가득 펼쳐놓고
눈 감아 당신의 끝없는 끝을
환한 어둠 속에 가둡니다

평화의 바람

생각하면 나는
사랑의 포로였고
슬픔의 포로였고
허무의 포로였다
죽음의 포로였고
불안의 포로였고
희망의 포로였다
생각하면 나는
기운이 넘치는
절망의 포로였고
생명의 포로였고
자유의 포로였는데,
도대체 나는
묶이지 않으면
살지를 못했는데,
이 튼튼한 무균 감옥에
오래된 금이 가고
오염물질처럼,
맑고 깨끗한 공기가

스며들려 한다
해롭기만 하고
기운이라곤 없는
평화의 바람이
불어오려 한다

무명의 사랑

장은석

이름 없는 사람들에게

누군가 당신의 이름을 부를 때, 당신의 기분은 어떤가. 사랑하는 사람이 너의 이름을 입술에 올릴 때, 당신은 그것을 한없이 쓰다듬고 어루만지고 싶은 마음에 사로잡힌다. 반면 마주치는 것조차 끔찍한 사람이 너의 이름을 발음할 때, 그것은 완전히 지우고 싶은 것처럼 여겨지기도 한다. 누가 어떻게 부르느냐에 따라 가장 사랑스럽다가 끔찍해지고, 가장 내보이고 싶은 것이었다가 영원히 감추고 싶은 것으로 바뀌는 이름.

태어나자마자 자신의 이름을 직접 지을 수 있는 사람은 없다. 우리는 모두 세상에 태어나면서 누군가에게 이름을 부여받는다. 부모나 친척 또는 다른 누군가가 부여한 이름은 특별한 경우가 아니고서는 대개 마지막까지 그와 동행하기 마련이다. 왜 어떤 이름은 영영 버리고 싶을까. 또 어떤 이름은 누군가에 의해 함부로 다루어지고 억지로 지워질까.

많은 이가 필요에 따라 자신의 이름을 고치고 가리며, 심지어 다른 이름을 내세운다. 이름을 감추고 다른 이름을 내세워 거대한 영향력을 행사하다가 그것을 감당하지 못해 난처한 지경에 이르는 사례들을 일상에서 찾는 것은 어렵지 않다. 알튀세르는 이데올로기적 국가 장치에 의해 호명(Interpellation)된 개인이 권위의 힘에 따라 사회적 관계에 맞게 자신을 조정하는 주체가 된다고 말했다. 오늘날 현란한 기술로 조작한 이미지와 자본에 의해 형성된 익명의 주체가 지닌 권력은 과거 이데올로기보다 더 강력하다. 익명에 숨은 가상의 주체가 더 실제같이 변할수록 본래 이름은 더 위축될 수밖에 없다. 이 막강한 영향력은 단순한 일상을 넘어 문화, 경제, 정치에 이르기까지 다양한 영역을 지배한다.

마치 이름이 없는 사람처럼 취급되는 자. 어쩌면 처음부터 이름을 부여받지 못한 것처럼 여겨지는 자들. 막강한 흐름에 휩쓸려서 자신의 이름을 잃고 있는 사람들. 이영광의 시에는 이와 같은 무명의 존재들이 자주 등장한다. 이들은 단순히 소외된 자가 아니다. 공동체의 폭압에 희생된 사람들 못지않게 도래할 비극을 감지하지 못하고 휩쓸리며 스스로 자신의 이름을 가리는 사람들도 있기 때문이다. 시인은 이들에게 그저 이름표를 달아주려 안간힘을 쓰는 것에 머무는 것이 아니라 그들의 이름이 희미해지는 양상을 조망한다. 그들을 감싸안고 이야기하고 부딪치고 싸우면서 각자 스스로 자신의 자취를 만들 수 있는 계기를 마련한다. 그 안에서 자연스럽게 무명의 존재들로 이루어진 기묘하고 놀라운 세계가 발생한다.

조치원 내창천 곁 침침한 돼지목살집엘 들어가
테이블 위에 올려둔 철제 선풍기에 손을 얹은 채
주인에게 말대답을 했다 그리고 내려다보니, 그
낡은 선풍기, 헤드엔 덮개도 없이 강풍으로
맹렬히 돌고 있더라고 주인이 한마디 더 하고
내 손이 몇 센티만 아래로 미끄러졌다면 피범벅
됐을 거야 놀랐어, 놀라긴 했는데 고기를 구우며
늦는 학생들을 기다리면서도, 어떻게 사람들
드나드는 길목에 저걸 덮개도 안 씌우고
틀어놨나 이해가 안 되고, 저러다 취한 누가 크게
다치기라도 하면 주인은 대체 무슨 경을 칠 건가
싶어서, 일어나 그 선풍기 꺼버리고 왔다
고기가 알맞게 익자 도착한 학생들에게 선풍기
얘기를 하며 어떻게 사람들이 저렇게 무감각,
무신경할 수 있느냐고, 목살이 목에 걸린 듯 연신 얼굴을
찡그렸다 학생들도 고개를 끄덕이긴 했는데 그러다
건너다보니, 그 선풍기 또 웽웽 잘만 돌아가고 있고

누가 다시 가서 *끄고* 오겠다 하지도 않았다
당신은 이상한 데 진심일 때가 있어, 하는 핀잔
들었던 기억도 나고 술도 쉬 오르고 밤은
후덥지근하기만 해서 서둘러, 이차 가자며 먼저
일어섰다 여긴 이제 오지 말자 술기운 누르며

──「한여름 밤」부분

한여름 밤 고깃집에 들어간 화자는 덮개 없이 돌아가고 있는 선풍기를 발견하고는 누군가 손가락을 다쳐 피범벅이 되는 사고가 날 수도 있겠다는 생각에 놀란다. 주인과 다투기 싫었던 화자는 조용히 선풍기를 *끄고* 자리로 돌아오지만, 어느새 주인이 다시 켰는지 선풍기는 여전히 맹렬하게 돌아간다. 아무도 위험한 선풍기에 관심이 없다.

예민한 '나'와 무신경한 사람들은 팽팽하게 대립하며 시적 긴장을 형성한다. 덮개 없이 강하게 도는 선풍기가 무더위에 무력하듯이, 뚜껑이 열릴 것 같은 '나'는 상황을 뒤집지 못한다. 낡은 선풍기가 더 맹렬하게 돌아갈수록 후덥지근한 답답함도 고조된다. "목살이 목에 걸린 듯" 더 말을 내뱉지 못하고 표정이 일그러질 때, "당신은 이상한 데 진심일 때가 있어"라는 핀잔이 떠오른다. 호칭을 고려할 때 주인이나 학생보다는 '나'에게 더 친숙할 것 같은 사람의 핀잔에 '나'는 어지러움을 느낀다. "무슨 사정이 있겠지"(「무슨 사정이 있겠지」)라는 표정으로 말을 삼킬 수밖에 없다.

다른 시의 화자들은 이보다 더 격렬하게 충돌하기도 한다. 그들이 『아픈 천국』(창비 2010)의 택시 운전사나 『끝없는 사람』(문학과지성사 2018)의 동료나 이웃들과 갈등을 겪는 장면들을 떠올리자. 시 속의 '나'는 때로는 선량한 이웃인 것 같다가도 어느 순간 알 수 없는 괴물처럼 바뀌는 온갖 무명의 사람들과 함께 얽히고 대립하다가 풀어지기를 반복한다.

시인은 이처럼 어색하고 답답하고 불편한 상황과 언제나 정면으로 마주 앉는다. '당신'의 핀잔에서 슬그머니 드러나듯 그 상황에서 벗어나거나 돌아서면 편안하다는 사실을 시인도 충분히 알고 있다. 또 짐짓 점잖은 태도로 타인들의 우위에 서서 쉬운 위로를 건네거나 으쓱한 태도로 상황을 매끄럽게 만들 수도 있다는 사실도 잘 알 것이다. 그렇지만 시 속의 다양한 화자와 주체들은 결코 이 무명의 타인들을 특정한 방향으로 이끌지 않는다. 그의 시어들은 언제나 어떤 권위를 내세우며 영향력을 행사하려는 헛된 노력과 거리를 두며 기어코 그들과 유사한 층위에서 섞인다. 그 교차의 갈피에서 더 수많은 질문이 생긴다.

예컨대 "지지난 겨울에/파괴적으로 숨진/서부발전 태안화력의/비정규직 노동자/김용균씨의/어머니"가 "산별노조가/무언지 몰라/삼별노조인가보다/별 세갠가보다/했다고,/웃으며/울었다"(「별 세개」)는 대목을 함께 연결하면 어떤가. 커다란 비극은 결국 일상의 작은 무신경함에서 비롯하는 것 아닐까. 과연 우리는 이것을 적절하고 충분하게 이야기할 수 있는 언어를 가지고 있는가. 떠오르려던 일상의 언어들은 핀잔에 억눌려 가라앉기를 반복하는 것은 아닌가. 이름이 있지만 마치 이름이 없는 것처럼 사라지는 사람들의 이름을 우리는 과연 얼마나 기억할 수 있는가. 그런 비극을 성찰하고 체현하며 유사한 비극의 출현을 막을 언어들을 우리는 가지고 있는가.

나의 사랑의 방식은 왜 너를 힘들게 하지?

'나'는 예민하다. 손가락이 잘릴 수도 있는 상황을 도저히 무감각하게 넘길 수 없다. 시 속의 수많은 '나'는 비상한 감각으로 이러한 정황들을 포착한다. 그렇지만 무신경한 사람들은 쉽게 변하지 않는다. '나'의 걱정은 '너'를 위한 것인데 어째서 '너'는 무신경하고 불편하며 심지어 핀잔을 건네기까지 하는가. 이런 상황들 때문에 '나'는 답답함을 겪다가 화를 내기도 하고 누군가를 미워하기도 한다.

떠남과 머묾이 한자리인
강물을 보며,
무언가를 따지고
누군가를 미워했다
모든 것이 나에게 나쁜 생각인 줄

모르고서

흘러도, 답답히 흐르지 않는

강을 보면서,

누군가를 따지고

무언가를 미워했다

—「강가에서」 부분

따지고 미워하는 마음은 조금씩 흐르면서 바뀐다. 누구나 다룰 수 있다고 믿지만 누구도 쉽게 접근하기 어려운 '사랑'이라는 말은 잠시 내려놓고, 일단 '걱정'이라는 말을 꺼내보자. 낯선 이의 안위를 걱정하는 마음. 나와 아무런 상관없는 사람처럼 보이는 누군가가 다칠까 걱정하게 되는 마음. 시인은 타인이 안전하게 번영할 수 있는 자리를 만드는 것이 곧 우리가 안전하게 번영할 수 있는 길이라고 분명히 믿는다. 이 말은 동시에 타인에게 피해를 주는 것이 결국 우리 모두를 위협하고 방해한다는 뜻이다.

자유주의에 골몰하는 사람들에게 이러한 태도는 불편할 수밖에 없다. 개인의 번영이 타인에 의해 가로막히고 방해를 받는 것에 질색하는 사람들에게 이런 자세는 잠재적 위협으로 느껴질 수밖에 없다. 나아가 타인에게 보이는 것이 가장 중요한 사람, 이미지의 모난 부분을 깎아내고 사회적 관계의 울퉁불퉁한 부분을 제거하여 매끄러운 처신의 매력만을 내세우는 이에게 이런 불편함은 거추장스러울 뿐 아니라 비효율적이고 쓸모없는 것에 불과하다.

오늘날 극단적 자유주의의 위력은 더욱 기승을 부린다. 사람들이 노동자, 군인, 젊은이의 비극적 사고와 죽음을 대하는 태도는 이런 사태를 절감하게 만든다. 그들의 고통과 비극적인 죽음이 나의 번영과 상관없다는 듯한 표정은 물론 그것이 나의 영향력과 권력을 위협하고 흔들 수도 있다는 듯한 태도가 만연한다. 기어코 그들의 이름을 지우고 사태를 무마하는 데 총력을 기울이려는 자들이 득세한다.

시인은 더 따지기를 주저하지 않는다. 물론 그는 이런 자세가 오히려 자신과 주변인을 상하게 할 수도 있다는 사실을 잘 안다. 그렇지만 자신의 이름이 흐려지는 사태를 스스로 받아들이는 사람들이 쉽게 바뀌지 않을 것이라는 답답함과 안타까움을 품은 채, 시인은 계속 따지고 캐묻기를 멈추지 않는다. "무언가를 따지고/누군가를 미워했다"가 "누군가를 따지고/무언가를 미워했다"로 바뀌는 과정을 살피자. 드러난 현상을 함부로 판정하고 누군가에게 원인을 돌리려는 자세가 아니라 쉽게 알 수 없는 본질에 주목하고 체계의 문제로 시선을 돌리는 흔적에 귀를 기울이자.

얼음 위에 피운 모닥불처럼

물을 끄며 타는

불처럼

미워하는 마음

둥둥 물 위를 떠가는 얼음장들,
꺼진 불을 만져주는 봄볕처럼
물에 젖는 불처럼

미워하는 마음을
미워하지 않는 마음

　　　　　　　　　—「미워하는 마음을」 전문

　사소한 분쟁을 타고 불꽃처럼 달아오른 화는 답답함으로
가득한 내부를 벗어나 누군가를 향하게 되면서 점차 미움으
로 바뀐다. 미움의 대상과 원인이 복합적인 시선에 담겨 더
넓은 곳으로 확장하면 분노와 절망에 이르기도 한다. 이런
움직임이 마침내 사회 체계나 공동체의 인식 같은 지점까지
다다를 때 시인의 언어들은 날카롭고 묵직해진다.
　"나는 칼이요 분열이요 전쟁이다/사랑과 통합과 연대의/
적이다/나는 찌르고 파괴하고 휘날린다/가장 작고 가장 크
며/가장 보이지 않는다"(「검은 봄」)와 같은 대목은 그의 시어
가 손쉬운 연대와 통합을 얼마나 섬세하면서도 육중하게 경
계하는지 드러낸다. 따져보지 않고 타인의 감정에 제멋대로
몰입하도록 강요하는 태도나 자기만족의 자세야말로 시인
의 과녁 정중앙에 있다. 그러니 시인은 결코 이토록 소중한

'미워하는 마음'을 '미워하지 않을 것'이다.

그런데 누군가를 미워하는 마음은 구체화할수록 미안함에 더욱 가까워진다. 사정을 정확히 알지 못하면서 누군가를 미워했던 마음, 소소한 분쟁의 첫머리에 뜻 모르고 솟았던 미움은 미안으로 바뀌어 다른 한편에 자리 잡는다. 미워하는 마음과 미안한 마음은 이제 "얼음 위에 피운 모닥불처럼" 또는 "물에 젖는 불처럼" 나란히 함께 놓인다.

이전엔 그의 시편들에서 얼음장과 불의 경계가 비교적 뚜렷했다면 이번 시집에서 그런 경향은 더 자연스레 섞인다. "대단해 보이던 이들, 셀럽들은 물론 톱스타들,/재벌 총수에 대통령에 해외의 왕들까지도 마스크 속에서/코맹맹이 소리로 옹알대는 걸 들으면 어쩐지/세상이 공평해진 것 같더라고/예외가 없다는 것……이를테면, 중국인들이 모두 제자리에서/일제히 뛰었다 내리면 지구가 궤도 이탈한다는/농담 속의 그 모두나 일제히 같은 말을 떠올리다보면,/계급은 죽고 평등 세상이 온 것 같더라고"(「마스크들」)와 같은 부분에서 알 수 있듯이 시인은 농담을 섞으며 마음 사이를 오가는 말의 농도를 조절한다. 이제 그는 "희망 없이 사는 일의 두근거림"(「희망 없이」)을 위해 '피가 흐르는 농담'을 고안한다.

가까운 사람을 위하려는 마음이 먼 곳에 있는 사람을 다치게 만드는 경우는 얼마나 흔한가. 또 먼 곳에 있는 사람을 끌어당기고 감싸려는 마음이 가장 가까이에 있는 사람을 아프게 하는 경우는 어떤가. 왜 내가 사랑이라고 이름 붙여 건

낸 마음은 누군가에게 고통이 되는가. 나의 미움은 왜 누군가에게 위로와 따뜻함이 되는가.

각자 마음의 영역에 경계를 긋고 그것을 지키는 데에서 과연 사랑이 태어날 수 있을까. 시인은 적어도 분쟁과 오해와 다툼을 두려워하며 마음의 뒤섞임을 가로막으려는 모든 시도를 부수기 위해 계속 나아간다. 미움과 미안, 사랑과 증오의 접점을 정확하게 가늠할 수는 없지만, 그 두가지가 동전의 양면처럼 한 몸으로 계속 진동한다는 사실을 우리에게 보여준다.

계산할 수 없는 마음을 향해 한없이 뻗는 리듬

'피가 흐르는 농담'이란 무엇인가. 이 말에 바싹 다가가기 위해서 조금 다른 말들을 들출 필요가 있다. 예컨대 성서의 경구를 닮은 아래와 같은 부분은 어떤가.

모진 말과 빈말과 거짓말 중에
그중에 제일은 거짓말이라
입 밖에 낸 그 말 온 세상에
초롱초롱 숨어 살고,
입안에 가둔 말들 살찐 벌레 같아라
　　　　　　　　　　　　　—「내 마음은 나도 몰래」부분

성서에서 '믿음'과 '소망'보다 '사랑'이 더 중요한 덕목이라면, 시인의 말 중에서는 '모진 말'이나 '빈말'보다 '거짓말'이 더 귀중한 자리에 놓인다. 피가 흐르더라도 기어코 캐묻는 것을 멈출 수 없다면 누군가에게 상처를 내는 모진 말이나 허위의식과 뻔한 위로로 가득한 빈말보다는 거짓말이 낫다. 이때 거짓말은 차마 뱉을 수 없어서 "입안에 가둔 말들" 대신 바깥으로 나온 말이다. 희망 없는 비극적 진실을 품고 있는 농담과도 같다. 함부로 누구를 다치게 하지 않으면서도 그 말을 듣는 누군가는 직면한 사실에서 눈을 뗄 수 없게 만드는 말과도 같다.

아픈 엄마를 얼마로
계산한 적이 있었다
얼마를 마른 엄마로 외롭게,
계산한 적도 있었다
밤 병동에서

엄마를 얼마를,
엄마는 얼마인지를
알아낸 적이 없었다
눈을 감고서,

답이 안 나오는 계산을
나는 열심히 하면
엄마는 옛날처럼 머리를
쓰다듬어줄 것이다

—「계산」 부분

엄마. 세상에 태어나서 가장 먼저 마주치는 자의 이름을 이렇게 처음 붙인 사람은 누구일까. 이어령은 발음하고 따라 말하기 쉬운, 이 단순하고 부드러운 구순음으로 이루어진 이름이 세계 모든 곳에서 유사하게 나타난다고 말했다. 마미, 마마, 마망. 어떻게 불러도 친숙하고 부드럽게 느껴지는 'm'의 반복은 이 시에서 더 부드럽게 흐르는 'ㄹ'의 유음(流音)을 타고 미끄러진다. '엄마'에서 '얼마'로, 다시 '얼마'에서 '엄마'로 밀려가고 밀려드는 이 착란의 리듬이 쉽고 자연스러울수록 그것을 읽으며 그 리듬에 따라 흐르는 우리의 마음은 대책 없이 흔들린다. 별 차이 없이 닮은 말의 겉모습과 발음의 연쇄를 마주하며 심장은 차가워졌다가 뜨거워지고, 한없이 쿵쾅대다가 고요해진다.

엄마. 누구나 부를 수 있는 이름. 가장 가까운 것 같으면서도 가장 먼 것 같은 이름. 엄마는 자신의 이름으로 불리지 못하는 자들의 대표 주자다. 얼마. 하필 가격을 묻는 가장 단순한 이 말은 왜 엄마와 닮았나. 시인은 이런 리듬을 통해 누구나 품고 있지만 아무도 꺼낼 수 없는, 우리 모두의 마음 깊은 곳에 잠재한 무언가를 뒤흔든다. "아픈 엄마를 얼마로/계산한 적이 있었다"는 고백과 그것이 펼치는 리듬은 우선 '나'의 곁으로 일상의 곤란에 당면한 생활인을 바싹 끌어앉히고, 계산할 수 없는 것을 계산해야만 하는 인간의 답답한 고통과 곤란한 처지를 보여준다. 그렇지만 그 리듬 속 깊은 곳에는 아무렇지도 않게 그것을 계산해버리는 인간의 어두운 마음의 구석에 관한 암시도 깜빡인다.

아무리 헤아리려고 해도 헤아릴 수 없는 마음이 '나'를 괴롭힌다면, 반대편에서 계산하고 싶지 않은데도 자꾸 계산하게 되는 마음이 슬그머니 끼어들기도 한다.

모르는 어떤 이들에게 끔찍한 일 생겼다는 말 들려올 때
아는 누가 큰 병 들었다는 연락 받았을 때
뭐 이런 날벼락이 다 있나, 무너지는 마음 밑에
희미하게 피어나던
어두운 마음
다 무너지지는
않던 마음
내 부모 세상 뜰 때 슬픈 중에도
내 여자 사라져 죽을 것 같던 때도
먼바다 불빛처럼 심해어처럼 깜빡이던 것,
지워지지 않던 마음
지울 수 없던 마음

더는 슬퍼지지 않고

더는 죽을 것 같지 않아지던

마음 밑에 아른거리던

어두운 마음

어둡던 기쁜 마음

꽃밭에 떨어진 낙엽처럼,

낙엽 위로 악착같이 기어나오던 풀꽃처럼

젖어오던 마음

살 것 같던 마음

반짝이며 반짝이며 헤엄쳐 오던,

살 것만 같던 마음

같이 살기 싫던 마음

같이 살게 되던 마음

암 같은 마음

항암 같은 마음

—「어두운 마음」 전문

헤아리려는 마음이 가다듬을수록 막막하게 느껴진다면, 누군가와 나를 비교하고 계산하려는 마음은 억누를수록 깊은 마음 한구석에 도사리고 있다가 되살아난다. 비보를 앞에 두고 마음의 귀퉁이에서 "악착같이 기어나오던" 어두운 마음이란 무엇일까. 누구도 인정하고 싶지 않지만 아무도 부인할 수 없는 마음. 어느새 나도 모르게 타인과 불행의 크기를 저울질하며 안도하게 되는 마음. 홀로인 외로움에 몸서리치면서도 함께인 불편함과 부산함을 견디지 못하는, 이상하고 골치 아픈 마음. 시인은 이토록 변화무쌍하고 변덕에 시달리는 인간이 끝내 감추고 싶은 어두운 마음도 은근슬쩍 우리에게 내민다. 마치 끝없이 계산하고 비교하고 질투에 시달리는 인간의 마음을 부인하면서 완전히 낯선 타인의 마음에 과연 다가갈 수 있겠냐는 듯. 타인을 향해 마음의 자리를 내준다는 것은 이런 마음까지를 포함하지 않고는 불가능하다는 듯.

약손가락은 옛날에
탕약 젓던
손가락이라 해요
약 손가락
무명지는 무명지,
이름 없는 손가락
눈에 잘 안 띄는
그냥 넷째 손가락

나는 넷째요
깨물어 안 아픈 손가락 없는
우리 집 노인이 저도 모르게,
열심열심 깨무는 치매의
넷째 손가락

많이 아프진 말아야지
자꾸 깨물리진 말아야지 하며,
약처럼 약속처럼 남은 생은
당신과 나아보고 싶어요

오늘 밤 피가 지나가는 당신 무명지에
외반지를 끼우며
우리, 이름 없기를
피프티
오늘 밤 당신이 내 무명지에
끼우는 외반지
후생의 사랑 같은 사랑의 후생 같은
피프티,
이름은 없기를

—「무명지」 전문

　다른 손가락에 비해 영 쓸모가 없는 네번째 손가락에는
이름이 없다. 그래서 무명지(無名指). 이름 없는 이 손가락은
'약지'라는 별칭을 지닌다. 잘 쓰이지 않기 때문에 오히려
탕약을 젓는 용도로 사용하게 된 약지처럼 넷째인 '나'는 병
든 노인을 돌본다. 깨물어서 아프지 않은 손가락이 없다는
말에 '나'를 향한 노인의 애틋함이 담겨 있다면, 손가락을
깨물리는 행위에는 목숨이 경각에 달린 사람에게 약지를 깨

물어 피를 먹이면 당장 위험한 고비는 넘긴다는 전통적 비의를 닮은 간절한 마음이 숨어 있다. 건강한 사람의 피에 담긴 생명력으로 죽어가는 사람의 생명력을 보충한다는 주술처럼 시인의 언어는 "싱싱한 고통"(「죄와 벌」)을 품은, '피가 흐르는 농담'의 언어로 이름 없이 살다가 마침내 이름 없는 채로 죽음에 이르는 존재를 향해 나아간다. 순교라는 거창한 이데올로기는 모르지만, 누군가를 보살피고 그의 행복과 번영의 공간을 넓히느라 온 생을 바친 이들에게 뻗는다.

'약지'에서 '약손'으로 이어지는 2음절의 리듬은 '무명지'와 '외반지'로 조금씩 늘어나며 어떤 '약속'으로 나아간다. 하나의 뿌리에서 시작한 손가락들이 각자의 방향을 따라 갈라지듯이 이 독특한 사랑의 약속은 혈맹과 가족과 시간을 넘어 모든 무명의 존재에게로 확산하는 힘을 지닌다.

일반적인 사모곡(思母曲)이 육친의 애절한 감정에 기대고 있다면 이 시는 그런 연민이나 슬픔의 감정으로부터 계속 거리를 유지한다. "우리, 이름 없기를"에서 알 수 있듯이 '나'는 명명성(命名性)의 굴레를 벗어나 완전히 새로운 관계로 나아간다.

엄마에서 연인으로, 가장 친숙한 이름을 완전히 낯선 사람과 마주침으로 엮어내는 시적 리듬은 희생을 주고받는 관계를 서로 동등한 사랑을 완성하는 관계로 바꾼다. 각자에게 반지를 끼워주며 사랑을 약속하는 두 장면은 짝을 이루며 포개진다. 마치 숨이 다하는 것처럼 조금씩 줄어드는 리들의 마지막에 '피프티'라는 단어가 암호처럼 울린다. 자신의 절반을 잃는 것 같은 애절함과 고통스러움은 요란하게 겉으로 드러나지 않지만 강렬한 이국적 파열음으로 이루어진 3음절의 단어에 응축된다. 응축된 힘은 수많은 무명의 존재들에게 건네는 암호와도 같이 진동하며 단순하고 일방적인 관계를 넘어 스스로 약해지는 사람들, 이름이 흩어지는 것을 그저 지켜볼 수밖에 없는 모든 낯선 이들에게로 한없이 뻗는다. 이 놀라운 리듬 속에서 이별의 슬픔과 고통은 새로운 만남으로 나아가기 위한 입구가 되고, 비로소 죽음은 새로운 탄생을 예비하는 계단이 되기 시작한다.

이름을 남긴다는 것은 무엇인가. 인간은 왜 어떤 이름을 남기려 끊임없이 발버둥 치는가. 사는 동안 수없이 많은 이름을 끌어모으고 지워서 어떤 이름을 남기기 위한 도구로 사용하는 것은 도대체 무슨 의미가 있는가. 그사이에서 또 얼마나 많은 죽음이 발생하는가.

시인은 아마 더욱더 "이름 없는 모든 것"과 "이름 아닌 모든 것"(「검은 봄」)을 향해 나아가기를 멈추지 않을 것이다. 그들과의 "밀접 접촉"에서 비롯하는 어떤 "양성반응"(「밀접 접촉자」)도 두려워하지 않을 것이다. 계산할 수도 없고, 차마 꺼낼 수도 없는, 이상하고도 힘든 마음을 품은 채, 수많은 무명(無明)의 번뇌에 시달리면서도 무용(無用)한 것처럼 보이는 무명의 사랑을 향해 계속 전진할 것이다.

張殷碩 | 문학평론가

　시 쓰는 시늉을 해온 것 같다. 시는 크고 나는 작다보니 별수가 없었다. 연인이었던 인연들을 인연인 연인들로 바꾸어 모시려 한 것이 한 시절 내 시늉이었던 듯하다. 나는 내가 조금씩 사라져간다고 느끼지만 이 봄에도 어느 바람결에나 다시 살아나는 것들이 많다. 온전해지고 싶어 험난하게 애쓰는, 그 모든 실성기를 사랑한다.

2024년 늦봄
이영광

창비시선 502

살 것만 같던 마음

초판 1쇄 발행 / 2024년 5월 30일

지은이 / 이영광
펴낸이 / 염종선
책임편집 / 한예진 오윤 박문수
조판 / 박지현
펴낸곳 / (주)창비
등록 / 1986년 8월 5일 제85호
주소 / 10881 경기도 파주시 회동길 184
전화 / 031-955-3333
팩시밀리 / 영업 031-955-3399 편집 031-955-3400
홈페이지 / www.changbi.com
전자우편 / lit@changbi.com

ⓒ 이영광 2024
ISBN 978-89-364-2502-9 03810